KB116500

작은 길

신평

대구 토박이면서 경주의 온화한 자연을 사랑하여 이곳에서 오랫동안 농
사를 지으며 살아왔음. 국가에 등록된 농업인. 경북중고등학교를 거쳐 서
울대학교 법과대학 졸업, 법학박사. 서울, 인천, 대구, 경주의 각 법원에서
법관 역임. 미국, 일본, 중국의 여러 대학에서 수학. 경북대 로스쿨 교수,
한국헌법학회장, 한국교육법학회장, 앰네스티 법률가위원회 위원장 등
역임. 아시아헌법포럼The Asia Constitution Forum 창설. 대한민국법률대상, 국
회의장공로장, 철우언론법상 등 수상. 현재 공익사단법인 공정세상연구
소 이사장, 고 심정민 소령 추모사업회장 등 활동.
시와 수필로 등단. 시집『산방에서』『들판에 누워』출간. 일송정문학상 수
상. 한국문인협회 회원.
lawshin@naver.com

작은 길

—

초판 1쇄 2022년 12월 31일
초판 2쇄 2023년 2월 1일
지은이 신평
펴낸이 김영재
펴낸곳 책만드는집

—

주소 서울 마포구 양화로 3길 99, 4층 (04022)
전화 3142-1585·6
팩스 336-8908
전자우편 chaekjip@naver.com
출판등록 1994년 1월 13일 제10-927호
ⓒ 신평, 2022

—

ISBN 978-89-7944-824-5 (04810)
ISBN 978-89-7944-354-7 (세트)

책 만 드 는 집　시 인 선 2 1 1

작은 길

신평 제3시집

책만드는집

새벽안개를 가르며 밭으로 나간다. 무성한 풀 사이로 작은 길을 내었다. 그 길을 걸으며 어릴 적 맡았던 고향의 냄새를 떠올린다.

시골에서 농사를 지으며 산 지 벌써 많은 세월이 지났다. 잊힌 존재로 티끌이 되어 허공으로 사라지는 것을 두려워하지 않으며 살았다.

그러다 뜻밖에 2019년 소위 '조국 사태'의 도화선을 터뜨렸다. 이를 계기로 사회적 글쓰기를 하며 소임의 다른 하나로 삼았다. 내친김에 더 이상 우리 사회에 아무런 도움이 되지 않고 우리 미래의 걸림돌이 된 운동권 세력에 의한 정권 유지를 막으려고 나섰다. 그러기 위해 어떤 한 사람을 대통령으로 만들려고 혼신의 힘을 다했다.

그러나 이 모습들은 내 본질이 아니다. 나는 땅 위에 선 한 포기 풀일 따름이고, 하늘과 바람과 별을 사랑하며 대지 위에 발을 딛고 감사한 마음으로 생을 영위하는 존재이다.

생은 지금의 생으로 끝나는 것이 아니다. 영혼은 언젠가 육체를 이탈하여 새로운 세상으로 간다. 그럼에도 이승에서 쌓은 인연들은 슬프고 아름다운 보석으로 남을 것이다.

가급적 깨끗한 무욕의 옷을 입고 내 앞에 난 작은 길을 걷는다. 내 마음에 온전히 그분이 들어오실 수 있도록 염원한다. 내가 지나간 뒤 그 길은 흔적 없이 사라진다.

2022년 연말
신평 씀

| 차례 |

1부　작은 길

2부 빛그늘

3부 　눈 내리는 밤

4부   낮술

5부　내 하느님

1부

작은 길

내 평생 감사한 일 다섯 가지*

없는 집 열 남매 끄트머리로 태어나
못 먹고 못 입었어도
평생 사람을 차별하지 않게 되었으니 감사한 일이고
어릴 적의 무수한 난독亂讀으로
이제껏 누구에게 꿀리지 않아 좋았고
몸에 여러 불편한 구석이 있어
내 보잘것없음을 자주 돌아볼 수 있게 되었다
잦은 시련 속
억울하고 분하다며 허우적대었으나
차츰 남의 고통과 슬픔에 함께 빠질 수 있어 기뻤다
무엇보다
늦게나마 하느님을 영접하여
그분이 들어오실 내 마음 정리하여 비울 수 있었으니
끝 날까지 감사한 일이다

* 제 묘비명입니다.

작은 길

산속으로 난 작은 길
맨발로 걸어갔지요
고운 마사토 사뿐히 밟으며
한없이 이어진 길
길가 풀꽃이
살랑살랑 웃어주면
발에 난 생채기가 금방 아물었지요
한 번씩 돌부리에 채여
넘어지곤 했어도
밝음과 어둠은 내내
오락가락했어도
그 길 구석구석 숨겨진
축복의 물 마실 수 있었어요
어느 날 바람 불어
떨어진 이파리들 길 위에 흩뜨려 놓고
풀씨들 뿌리 내리면

길은 없어지고

나도 사라지겠지요

노처 老妻

나 때문에 늙은 여자
내 팔 한쪽
아득히 베고 누워있다
세월의 비 흠뻑 맞고
쪼그라든 몸
이 세상 기댈 곳
달리 없다는 듯
새록새록 숨소리 고르며
누워있다
까탈스러운 변덕쟁이
늘 네 탓이야 하고 핀잔주는
허깨비 남편에게 안겨
새벽잠 곤하게 자고 있다

너의 모습

가만히
가만히 보아야
비로소 보인다
새싹이 나고, 꽃이 피고, 씨가 맺고,
바람에 쓸린 자리 생채기 나고,
홀연 갈색으로 삭아 떨어지고,
흘려 보면
보아도
보이지 않는 모습
내 가슴 한구석
네 모습 그대로 새기려고
가만히
가만히
들여다본다

생각에 잠겨

생각에 잠기면
이 몸 하나하나 분해되어
옆으로 퍼진다
풀에 닿으면
이쁜 꽃이 되고
바람에 섞이면
살랑거리지
그리고 하늘에 닿고
저 먼 별에도 가서 간지르지
더 퍼지고 퍼져
그대 숨결 속에 묻어 들어 가
어느 눈부신 봄날
그대 환한 미소로
거듭나고 싶어라

가는 길

나보고 가얀다면
가야지요
하늘과 바람과 꽃과 별
다 버리고 가얀대도
가야겠지요
그래도
내가 사랑하던 이들
내게 준 시선
모두어 안고
눈물로 축일 시간
잠깐 주어요
내 떠난 자리에 남아
내 사랑하던 이들 사이
떠돌 수 있도록 말이지요
내 생명보다 더 소중한 것
그것이 없으면
나는 나일 수 없었지요

긍정의 의무

꽃은
활짝 피어나야 하고
하늘은
때때로 푸르러야 하고
산은
말없이 서있어야 한다
무릇 우리는
깜깜한 어둠 속에서도
한 걸음씩 내디뎌야 한다

생은

거대한 긍정이다

나의 존재

늙은 호박이 긴 잠에 들고
산등성이 억새가 귀신 이야기를 하는
아득하고 오래된 풍경을 바라본다
그 속으로 들어가는 어린아이 하나
아무리 두리번거려도 나갈 문이 없다
하늘과 산이 하나로 붙어버릴 때
땅바닥에 그만 주저앉은 아이
풍경의 하나로
메마르게 박힌다

옛 기억이 그려내는 그림
그것을 쳐다보며
다른 그림 속에 갇히는 나

그림들 사이를 엮는 시간의 끈
우주의 어디에서 나타나
어디로 향하고 있을까

슬픔

헛나이 먹은 채
넘는 고갯길 끝
숨 고르며 살펴보니
살아온 길 이곳저곳
떨어진 눈물 방울
한알 한알 거두어
꿰어 만든 형상
바라보니 더욱 슬퍼라

이어짐

퍼뜩하면 삐지는 막내딸
누굴 닮아서 그렇지 하고 핀잔준다
옛날 어머니에게 걸상 사달라고
몇 날을 조르고 졸랐다
허름한 중고가구점에서 벌어지던 흥정
시간이 흐를수록
가난은 어머니의 얼굴을 덮고
그것이 견딜 수 없이 부끄러웠다
왕짜증 내는 나에게
야가 와 이라노, 와 이라노
하시며 쩔쩔매던 어머니
이제 나는 어머니가 되고
딸애는 내가 되었다
생의 이어짐은 찬란한 날개
푸른 산맥 위로 훨훨 날아올라
한세상 가뿐히 건너가련다

새해에는

보낸 해는 언제나 버거웠지만
새로 맞는 해는 가뿐하다
무거운 돌들이 실리지 않고
다가올 봄바람만 살랑이며
지나가기를 빌어보지만
언제나 무자비한 삶이여
실망하고 속고 상처를 입고
서서히 견디지 못할 무게로 가라앉으니
그래도 새해는 다르겠지
그 희망 하나 붙잡고
아무 일 없는 듯이 태연히 사는 거지
그러는 새 간혹 스쳐 가는 기쁨
내내 울음을 참으며 그 기쁨에 기대잖아
그런 게 땅에 뿌리박은 삶이잖아
그렇게 해서 우리는 깊어지잖아

내게 남은 것

살날을 점점 잃어가고
돈벌이는 시원찮고
뻐덩뻐덩해지는 육신에
어깨는 자꾸 밑으로 처지는데
그래도 내게 아직 남은 게 있을까
아, 읽으면 재미나는 책들이 곁에 있잖아
어느 때든 세상천지 모두 들여다볼 수 있고
아이들 착한 마음씨에 심신이 달짝지근해지기도 하고
그런데 그런 것보다
외로운 벌판 쏘다니며
지나간 날들 뉘우칠 시간이 남았잖아
겨울날 어스름한 햇볕 속에서
따뜻하게 익어가는 내 눈빛도 좀 좋아
밤하늘 반달과 별들 따서
담아두는 창고도 점점 더 커지잖아
그러고 보니 수월찮게 남아있구먼

늙음

어느 외진 언덕배기 나무 한 그루
찡그린 얼굴로 겨울 찬 바람 맞으니
나뭇잎 하나, 둘 떨어질 때
기억도 하나, 둘 소멸한다
자꾸만 없어져 애가 타고
다 없어지면 무엇으로 남을까

드디어 완전히 벗어버린 나무
하늘과 땅에 외로이 떤다
저항은 차라리 사치스럽고
숙명으로 다가서는 순명
무릎을 고요히 꿇고
지나간 날의 소리를 듣는다

하늘과 바람과 별

일상이 내 생명의 꽃을 짓이기고
눈앞 풍경이 죄다 낡은 회색으로 비치던
어느 날
그것이 삶의 전부가 아니라고 깨달았다
비로소
내 입김이 살아 숨 쉬며 꿈틀거리고
풍경의 내면이 출렁거리며 튀어나왔다

하늘이 눈 깜빡이며 속삭인다
이제 너와 나는 친구가 될 수 있어
바람이 나직하게 읊조리며 지나간다
좀 늦긴 했어도 다행이야
그런데 정수리 바로 위 별 하나 어깃장을 놓는다
고마움의 울타리 든든히 쳐야
네가 얻은 것 그대로 남을 수 있어

집을 나서며

오늘도 나는 집을 나서며
마음을 가지런히 하여
신발 위를 살핀다
이제 더는
내 인생에 오점이
없어야 할 텐데

끝을 앞둔 마음은

왠지 조심스럽고

구두는 헐렁하다

연꽃 피던 날

어느 날 아침
굳게 다물었던 네 입 뽀드득 열릴 때
세상은 번쩍 천둥 치고
천상의 향기가 가득 번지는구나
오 위대한 작은 힘이여

삶은 한갓 미망에 지나지 않을지라도
찰나의 순간에 주어지는
우주와의 연결

기쁨은 사라져도
흔적은 남으니
다시 너를 기다리는 시간들
은은한 맥박으로 울린다

노랑나비

노란 봄꽃 향기 맡으려니
아뿔싸,
노랑나비가 먼저 앉았구나

펄펄 날아가는 노랑나비
날개에 가득 담은
봄 햇살 퍼뜨린다

새벽이면
내 품을 파고드는 그대
노랑나비 냄새가 난다
봄이 무르익는다

풍경

비 오고 바람 분 뒤
땅은 견고하게 엎드린다
가장 편한 자세가 되어
끝없이 웅얼거린다
더위 먹은 새도
혼령처럼 떠도는 잠자리도
저 들판 익어가는 볏대도
무심히 귀를 기울인다

비 온 후

비 그치니
햇살 비치고
양지 밑 생긴 고요한 그늘
지나가는 바람에
배시시 웃는 풀들

이 모든 게 어째서 생기는 것일까

너

깨한테는
왜 깨 냄새가 날까

바람 불면 대나무는
왜 그리 말이 많아질까

네 얼굴에는
왜 종일 미소가 담겨있을까

그냥

그냥 고추잠자리
살포시 앉은 기와 담장 보아요

그냥 햇살을 받고 웃는
들꽃 한 포기 바라보아요

가느다란 바람줄에 실려 오는
가을 냄새가 느껴지나요

풀섶에 숨은 고요
그냥 그대로 놔두어요

2부

빛그늘

출근길

꽃이 간다, 꽃들이 간다
남영역 앞 횡단보도 가득 메우며 간다
누군가에게 더없이 소중한 꽃들인데
겉으로는 활짝 핀 꽃들인데
저마다의 가슴에 맺힌 상처들
보듬어 안고 모른 척 걸어간다
상처가 나으면
꽃들은 더 붉어지리니
그게 사람 살아가는 것이려니
나도 모른 척하며
환한 비눗방울을
구월 하늘에 날린다

만약에 만약에

아파도 괴로워도

입이 쪼그라들어

한마디 말 못 하는 나이가 되면

꽃피는 청춘의 위대함을 깨닫는다

저 찬란한 청춘들이

엄청난 수의 청춘들이

순식간에 스러진 이태원의 참극

만약에 112 거듭된 신고에 단 한 번 진지한 반응이
있었다면

만약에 어느 고얀 놈들의 밀어 밀어 하는 선동이
없었다면

만약에 옆 상가에 들어갈 수 있었다면

만약에 누가 가는 길 오는 길 외쳐주었더라면

만약에 만약에 하는 말귀신 들러붙어

하루해 갉아먹는다

내 아들딸들아

살아남은 자는 언제나 불행하나니
사자의 추념追念에서 벗어날 수 없기 때문이다
그래도 생은 돌고 도는 것이니
불행不幸의 심연에서 행幸의 몇 가닥
집어 올릴 수 있고
단단해진 배포로 튼실한 희망의 싹
키워낼 수 있으니
너희들 잘되기만
쳐다보는 우리 앞에서
절망의 시간 용감히 밀어내고
다시 춤추고 노래할 날
한없이 한없이 기다리노라

해원解冤

돌이킬 수 없는 서러움이
한 번씩 휘감을 때
비관의 깊은 늪이 헐떡인다
끝나지 않은 생
숨이 차
존재의 근거를 잡으려 하나
가없는 하늘가 잠자리 되어
머쓱한 원을 그릴 뿐

백일홍 꽃그늘 아래

무심히 앉은 여름

소리 아닌 소리로

해원解寃의 노래

천천히, 천천히 부른다

늙음이란

생애 첫 양복을 맞춰 입고 우쭐대는 낯모를 청년에
게서
문득 애처로움을 볼 때
잠에서 깨어나 부스스한 얼굴을 한 아이들 뒷모습에
까닭 모를 미안함을 던질 때
돌아가신 부모님의 세월이
경계를 잃어버리고 내 것과 합쳐질 때
그대는 이제 늙은 것이오

약한 이를 발밑에 깔고 괴롭히는 놈

권력을 끼고 오만방자하게 팔자 눈썹을 그리는 놈

세상을 얼마든지 속일 수 있다고 교활한 미소를 흘리는 놈

이런 놈들을 보고도 모른 체하면

그대는 헛늙은 것이오

순명

왜 이리도 마음이 불안할까
계모의 트렁크 속에서 죽어간 아홉 살 아이
못난 아비의 학대로 죽음을 택한 스물한 살 여자
나와 그들을 묶는 끈
그것이 무서워 도망치려 하고
끈은 더 죄어오고
가까이 다가선 그들의 얼굴, 숨소리
내 몸은 절망으로 점점 시꺼메진다

신은 왜 이런 세상을 창조했을까
욥의 한숨과 비탄을 비웃는 자 화 입을진저
환난의 구덩이에 떨어지지 않은 자
그 깊이를 잴 수 없는 법
오, 고통의 구덩이를 기어 나올 때
기쁨이 비로소 주어지나니

겹겹이 쌓인 비극의 기억을 아무리 헤쳐도
비밀의 문 열쇠 어디에도 없다
오직 철저한 자기버림을 할 때
출입의 계시가 들려오니
순명은 인간의 숙명이어라

봄바람의 조언

동지나해에서 시작한 훈풍이
지리산을 넘어 경주 남산으로 와서
아지랑이 아득히 피어오르게 한다
만물은 새 단장 하곤 그 앞에서 아양을 떠나
나는 모진 가시로 침울한 마음을 찌른다

남들은 꽃다운 청춘이라고들 하는데
언제나 버거운 뒤틀림이었고
샛노란 현기증으로 가득한 것이었다

머지않아
거룩한 빛의 존재 앞에 설 텐데
가벼운 발걸음으로 가고 싶으나
얽힌 인연의 줄 칭칭 발목을 감는다

업장의 소멸은 형이상形而上,
형이하形而下로 무난히 걸어가기를 소망할 뿐

바다 넘고 산 건너오는 사이
연두색 총기를 가득 머금은 봄바람
가시를 슬며시 치운 뒤 속삭인다
청춘을 용서하고
네 비루한 삶을 온전히 받아들일 것

비가 온다

비가 온다
비가 온다
그의 산발한 머리카락 적시며
내 창백한 마음에도 내린다

버려진 대구 신천 냇가
아이들 시뻘건 사체가 나뒹굴던 날
독한 비린내에 그의 숨이 막히던 날
하늘은 언제나처럼 노랬다

숨넘어가게 부르던 내 갈증의 노래들
허기진 배를 찢고 멀리 흘러갔다
오직 알 수 없는 바닷가에 닿아
아무 영문 없이 부서지기를 빌었다

시간에 대한 노여움은 삭아지고
용서의 흐느낌이 펄럭일 때
우연히 마주친 그의 눈과 내 눈
서늘한 비가 온다
비가 온다

풀길

밭 사이로 난
좁은 풀길
구부러진 길 따라 걸을 때
내 영혼 한 마리 나비 되어
풀섶에 가라앉는다
욕망도 허영도
껍데기 모두 버리고
가뿐히 가뿐히
가라앉는다
그곳에는
내 부모님 걱정스런 눈빛
나를 보고 계시고
어릴 적 냄새
아스라이 흩어져 있으니
나 돌아가리
위안의 물이 상시 적시는 그곳

밭 사이 풀길

자분자분 걸으면

그곳에 갈 수 있으니

석등

연년세세 풍상은 언제나 모질었어도
희로애락은 오직 속으로 삼키는 것
인고의 시간을 견뎌왔다

어느덧, 바스라진 세월이
거먼 이끼로 앉았으니
연륜은 깊고 깊게 파고들었다

구름은 여전히 하늘 사이로 흩어지고
별빛을 탄 바람
대나무 수풀 헤집는데

세상에 아무 부끄러울 것 없이
홀로 무심히 바라보며
서있는 석등

어떤 단상斷想

무無에서 유有가 피어난다
하늘거린다
유有는 초조함이다
그리움이다
하나의 환幻
지치지 않는 세상을 만든다
기울어가는 노을
물러서며
바탕이 환幻을 삼킨다
무無는 존재하지 않음으로써
존재한다

여름 냄새

가랑비 훑고 간 한낮
아기 울음소리 내며
고양이 한 마리
뉘엿뉘엿 길 건넌다
바람 한 뭉치
쫓아간다
쏴아
여름 냄새 퍼진다

구월의 하늘

그대 구월 하늘 어드메에 있는가
먼 하늘 한 점 비행기가 그리는 선
거기를 따라가면 그대가 있겠지
그대와 함께 가버린 젊음이
구월의 새파란 하늘에 옅게 퍼져있다

아, 흘러간 날들이 눈물로 고일 때
이젠 그대의 향기조차 모두 증발했구나
그 향기를 부여잡고
그대를 결코 잊어버릴 수 없다고
그대는 내 안에 살아있다고
다짐하며 보낸 세월이었는데

지나간 시간의 의미를 잡으려는 초조한 마음
설사 의미를 되살린다 해도
그것은 무의미하다

오직 흐릿한 과거 속에 살아있는 그대를 그리며
그 그리움에 묻은
도무지 분간할 수 없었던 젊은 날의 목마름을 아쉬
워하며
무기력한 내 모습에 자조의 우울을 던지며
저 면, 구월의 비리도록 푸른 하늘을 바라본다

무無

바람 부는 날이면
더욱이 늦가을 희미한
태양이 포개지는 날이면
의문의 열매가 낙하한다

나 없는 세상이 어떠할까
내가 없는 세상의
나는 무엇을 하고 있을까

시간은 만질 수 없어서
내가 없는 세상의 시간도
도무지 짐작할 수가 없다

멈춘 시간을
멈춘지 모르고
한없이 여행하는 티끌일까

찬란한 새봄이 다시 와서
황야에 붉은 꽃 한 송이 필 때
티끌이 갇힌 얼음은
영영 풀어지지 않으리니

집의 돌담에 붙은 담쟁이들이 가을의 끝을 향하여
달리고 있다

늦가을 장미

저 멀리 시골 동네 칠십다섯 노인이
25만 원에 올티켓 끊어
읍내 다방 젊은 여인네 불러
하루 종일 회춘에 힘쓴다는
황 기자의 말
삶의 분진들이 어지럽게 날리는구나
끝이 다가오는 게 두렵기만 하여
의미의 한 자락을 잡고 당기고 싶은데
그런다고 물러간 젊음이 돌아볼 리 없고
나아가는 앞길이 마음에 차지도 않을 터
늦가을 어렵게 핀 장미꽃 빨간 한 송이보다
된서리 반기는 마른 풀이 때로 더 아름다운 것이오

쓸쓸함에 관하여

미대 다니는 아들의 졸업전시회

마지막 날이라 빼곡히 들어찬 사람들 사이

갖가지 선물 한 아름 가득히 안은 아들

낙엽 하나 떨어지듯 무심히 스치는 말

예전에 다른 애들 졸전에 아무 선물도 못 해 미안
해요

늦가을 바람에 허전하고 쓸쓸한 기포들이 터져 퍼
진다

벌써 졸업이라 엿처럼 녹아버린 세월인데

아들아 너무 쓸쓸해하지 마라

사람 사는 게 다 그렇지 않겠니

기대니 희망이니 언제나 덧없고

시간은 언제나 네 눈을 가리며 지나가니

차라리 순응으로 가만히 멈춰 설 때

쓸쓸함은 꽃을 피워 나비가 된단다

겨울비

비,
비,
겨울비가 내리네
검은 겨울비가 내리네

온 천지 어둠을 다 끌어모아
내 작은 집을
대밭을
들판을
검게 칠하며 쏟아지네

비야,
비야,
네 울분과 원한
모두 토해내어
땅을 핥으며
도랑이 되고 강이 되어
굽이굽이 흘러가거라

절망은 삭일 수 있고
기쁨은 만들어가는 것
갠 하늘 푸른 호흡 시작하면

부질없는 인연이 낳은
허무의 꽃 사라지고
세찬 대지의 고동이
다시 꿈틀거리리

울려라
종을 울려라
절망의 아가리를 빠져나온
오직 헐벗은 몸뚱이로
희망의 세상 담대하게 맞이하노라

빚쟁이

네 이름 떠올리면
나는 언제나 큰 빚쟁이
맥 풀린 다리로 서서
도도한 하늘 쳐다본다
설움이 꽃비처럼 내리던 날
차마 한마디 못한 채 삼켰던 말
세월이 뿌린 점액으로 단단히 뭉쳐
목을 틀어막는다
삶은 늦가을 비로 질척이는 낙엽 같아도
살아야 하는 의무는 희망을 솟아나게 하나니
만날 수 없는 고통 내 몸 헤집고 다녀도
막힌 목 뚫릴 때
언젠가 오리라
그때는 꼭 오리라

3부

눈 내리는 밤

봄, 봄

얼었다 다시 풀리던 얼음
미끄럼 타며 녹아내리고
해는 나직이 비추다
점점 곧추서고
외로운 새들도
목소리 다시 찾는다
잠시의 기쁨과 긴 슬픔
교차하며
희망의 윤곽
점점 더 굵어지나니
이래서 봄은 좋다
매화꽃 아니더라도
민들레 아니더라도
봄을 바라보면
공연히 눈물이 난다

눈 내리는 밤

함박눈 펑펑 내리는 밤
하늘은 점점 내려오고
땅은 올라가니
순백의 진공으로 합치는구려

분분히 날리는 비루한 얼룩들
거대한 정적이 빨아들이고
슬픔과 분노는 깊숙이 가라앉아
거룩한 진공이 되는구려

이따금 들리는

나뭇가지 툭툭 부러지는 소리

방 안에서 가만히 끌어안는 나그네

긴긴 시름 입김 불어 조금씩 녹이는구려

다섯 개의 봄

올해도 쌀쌀한 세밑의 바람이 부니
내년 봄을 다시 가질 수 있을지
아득해진다

마흔넷에 낳은 막내딸 얼굴
송글송글 맺힌 웃음에
왈칵 욕심이 솟구친다

새로 마련한 집 안방에서
첫걸음마 하던 네 모습
네가 거쳐야 할 황량한 길에서
지치고 힘들어할 너
고통이 새겨줄 단단한 표징이
네 웃음에 박힐 때까지

내년 한 개의 봄만으로는 안 된다
적어도 다섯 개는
어떤 생떼를 부려서라도
더 얻어내야겠구나

봄꽃

이 꽃이, 저 꽃이, 봄꽃들아
왜 한꺼번에 터져 나오니
피려거든 조용히나 필 것이지
왜 이 가슴을 턱 막히게 하니

새된 소리 바람이 불면
왜 또 찰나에 다 떨어지니
가만히 사라지면 될 것을
인정人情의 무상함에 눈물짓게 하니

어느 봄날

하루하루가 아깝고
시간의 흐름이 못내 아쉽고
황홀한 순간은 그치지 않는다

거대한 군단으로 몰려오는
봄의 전령들
위세에 눌려 머릿속 아득한데

봄볕으로 데워진 땅바닥
나만의 자리에 누워
먼 하늘 바라보니

새
하늘
지나가는 바람
그리고 나
모두 한 몸이구나

오월

새가 앉으니
자두나무 가지 휘청거린다
저 새와 나의 관계는 무엇일까
지나가는 바람과 나는
나무 아래 풀꽃들과 나는

땅 밑 지렁이는
오월의 따뜻함
어떻게 느낄까

봄날 오후

오후의 따뜻한 햇살
가득 모두어두고
잡히는 책을 편다
생각의 가닥들 하나로 묶는데
몇 가닥 빠져나와 흐트러진다
화난 얼굴로 나를 마주하나
부질없는 일
재빨리 다발 속에
다시 넣어 꽁꽁 묶은 뒤
몽롱한 봄향기에
나를 전부 맡긴다

오월의 축복

새가 새싹 돋은 가지에 앉으니
시소가 되어준다
낱낱이 쪼개진 뒤
유리성을 만드는 햇빛
바람은 소리 내며
숲 사이로 숨고
오월 한낮
나른하게 늘어진다
살아온 세상
멀리 새소리 속 빨려 들어 가고
오늘에 발 딛는
팽팽한 긴장
원래 내 것일 리 없는
과분한 축복의 힘

늦은 봄

늦은 봄날 마루에
목침 베고 누웠는데
새로 담근 장 냄새
구름을 몰고 가는 바람 소리

감꽃 살포시 떨어지며
세월의 나이테 감긴다

개구리밥

해마다 늦은 봄
저수지에서 풀린 물
이곳저곳 타고 와 논을 채운다

해 떨어지면
천지가 온통
개구리 소리로 덮이고

파란 개구리밥
논마다 출렁대는구나

개구리밥 잔뜩 퍼
연못에 주면
환장하는 물고기들
한 소쿠리 가득 떠 와도
며칠을 못 간다

어느새 시원하게 열리는
여름길

모란 사랑

모란꽃잎 떨어진다고
애달파 하지 마소
떨어진 모란꽃잎
불쌍히 여길 때
비로소 모란
그대 마음 안 자리하지요

모란꽃잎 떨어질 때
꽃잎만 보지 마소
모란이 그리는 여분의 공간
무심으로 다가가면
비로소 모란
자유로이 떠다니지요

여름 소리

무성한 풀밭 사이사이
여름이 산다
새들이 날아간다
개구리가 폴짝 뛴다
그리고 촐싹대는 메뚜기
익어가는 해바라기
풀섶 이곳저곳
그들이 만들어내는 파동들

가만히 귀를 기울인다
무상을 넘어오는 떨림
나는 살아있다

늦여름 풍경

긴 비 끝에
풀 냄새 진하고
얼마 남지 않아 더 구슬픈
매미 소리
흰 부추꽃 송이 위
한 마리 흰 나비
어디선가 본 듯하니
이승과 저승은
오락가락하기 마련
세상에 가엾지 않은 것
하나 없어라

여름이 간다

여름 풀밭 냄새
시들어가고
나뭇잎 갈색
늘어가는데
귀뚜라미 한 마리
엷은 가을 소리 내는구나
살다 살다 어느 하나
제대로 못 했어도
오늘 하루 내 살아있음은
쪽빛 하늘 가운데
포근한 구름 조각이어라

가을바람

서늘한 바람 가슴 한켠
가느다란 줄 건드리면
먼 바다 갈매기 끼룩거린다
푸른 바다 파도 밑에
한 해 쌓인 시름 밀어 넣고
창공을 힘차게 날아오르니
만물은 고요하게 제자리에 있고
너그러운 햇볕 온 세상 가득하구나

늦가을

가느다란 초승달을 밟고
외로움이 서있다
대륙을 건너온
카랑카랑한 바람과 마주친
나뭇가지 사이에도
이리저리 헤매는
겁먹은 길냥이 눈 안에도
쓸쓸함이 앉아있다
단절의 긴 한숨을 쉬는
대지 위에서
갈증으로 허덕이는 늦가을
메마르게 갈라지는
그 얼굴 안쓰러워
내 작은 품에 안으려
천천히 팔을 내민다

4부

낮술

어느 새벽

시린 새벽 일어나
풀잎에 발 젖으며 밭으로 간다
어린 나무 연약한 채소
오늘은 어찌 되었나 살피러 가면
그들의 생명이 내 심장에 닿아
환한 빛으로 튕겨 나온다
닭장 안 닭들 눈 껌뻑거리며
알은체해 주는 게 고맙고
이리저리 다니며 거친 노동에
가빠오는 숨 가라앉히는 사이
구름과 시간은 홀로 흐르고
나는 땅 위에
아무 보잘 것 없이 섰다

찰나의 그물

긴 잠 자던 개구리
게으른 눈 비로소 떠질 때
연꽃 봉우리
봉긋이 입을 열 때
대륙의 찬 바람
외로운 고엽을 훑을 때
설중매를 보는 그의 얼굴에서
그늘이 떨어질 때

찰나의 그물로 만들어진 세상
덧없이 흐르는데
무상無常의 무게
너무 무거워
낮술 들이키고
흐린 하늘 속으로 걸어간다

허, 참

겨울의 심장을 녹이면
새봄이 온다기에
끝으로 다가갈수록
끝이 더 무섭기만 하여
늙어 스러져가는 몸에
꼭 하나의 봄을 더 넣고 싶어
그것을 찾아 나섰다
깊은 산속 계곡 얼음 밑 들추어보고
차갑게 식은 들판 볏짚가리 흩뜨려 보고
하얀 호수 이 구석 저 구석 다 들여다보았다
심장은 어디에도 없다
초조해졌다
퉁명스런 햇살에게 물어도 대답이 없고
새침한 바람 달아나기 바쁘다
쭈그린 어깨로
투벅투벅 돌아오는데

참새가 표로롱 지나가며 한마디 쏜다

보소, 나잇값 좀 하소

새벽안개

안개 낀 새벽녘
무뚝뚝한 나무들 사이에 서면
흘러간 시간 돌아와
다시 흐른다

인연으로 얽혔던 관계들
회한으로 되살아나
가슴에 하나하나 박힌다

어느 것 하나
잘한 것 없으니
나는 당최
어디에 서야 하나

나무들 보기
한없이 부끄러운데
안개는 멈추지 않고
강을 이룬다

새봄을 맞아

올해 다시 간신히 얻은 봄
늙은 손바닥에 올려놓고
이리저리 굴리며 더듬는다
바삭바삭, 몽실몽실
가늠이 힘들다
코로 맡는
풋풋하면서 아직은 조금 매운 향기

나에게 왜 또 봄이 주어졌을까
곰곰이 헤아려본다
휘어이 공중으로
봄을 날려 보내고
그윽한 햇볕을 마냥 쬐는데
살아있다는 의식
슬그머니 나선을 그리며
어깻죽지에 내려앉는다

지나가는 봄

박새 한 마리 앉으니
뽕나무 가지
내려갔다 올라온다
빤히 봄날 쳐다보고 있으려니
왠지 서럽다
저 먼 바다 비늘처럼
무심하게 반짝이며
나에게 얼굴 한번 돌리지 않는 채
오만하기 짝이 없는
시간의 다발
나무와 새와 바람을 끌고
줄곧 앞으로 내지른다

꽃이 피면

봄꽃들 소란스러울 때
모른 척 그러려니 하세요
하 저 많은 꽃들 피어나는데
살랑바람에도 꽃잎들 떨어지는데
애상哀傷의 먼 아우성
시도 때도 없이 날아와
꽃들에 자꾸 박히지요
꽃들 보며 눈물 그만 흘리고
정 견디다 못하면
밤 자리에 누워
꽃처럼 생긴 별 하나 따요
품속에 넣어 데우면
지나간 날들 가만히
위로의 미소 지을 겁니다

가는 봄을 아쉬워하며

모란꽃 하염없이
뚝뚝 떨어질 때
연두색 화려한 봄빛
시간의 헛간 안으로 차츰 사라진다
한잔 소주 걸치고
가눌 길 없는 몸 비틀거리며
마음 한구석 남은 희미한 빛
눈물에 적신다
남은 자는
언제나 슬프나니
가버린 것에 대한 그리움의 무게
이기지 못하는구나
새봄의 기약은
도통 잡을 수 없어
숨결을 고르며
하늘 저 먼 곳에 나를 띄운다

김매기

끔찍한 비닐
아예 덮지 않은 고랑 사이
뒤뚱뒤뚱 몸 옮기며
잔풀들 하나하나 뽑아나간다

고양이 아기 울음소리 내고
눈 안에 모기들 왔다 갔다 해도
성가시지 않은데
허리가 땅 밑으로
자꾸자꾸 가라앉는다

에휴, 오늘은 예서 마쳐야지

꽃밭

장마가 한창이라
풀들은 아귀다툼으로 번지는데
내 마음 고즈넉이 담긴 꽃밭
꽃마다 새겨진 이름들
손가락으로 한뜸 한뜸
잡풀을 뜯어낸다

아프지 않은 기억은 없어도
그리움은 모든 것을 덮나니

꽃들로 찬란한 세상 꿈꾸며
오늘도 나는 작은 꽃밭에 쪼그리고 앉는다

한여름 밭

서늘한 아침을 틈타
고추밭 김매기를 한다
엉덩이 뒤뚱뒤뚱
앉은걸음 한 발자국씩
등판에 갑자기 퍽 떨어지는 새똥

새가 깔깔거리며 날아간다
뭐 저런 놈이 다 있어

한여름 고요의 바다
하늘도 바람도 풀꽃도
묵언수행 중

콩밭매기

제마다 쓰임새 있어
원래 잡초인 것은 없다 해도
한땀 한땀 콩밭 매어간다

잡초 하나하나에
생각 하나하나 없어지고

어느덧 땅과 하늘

그리고 먼 새들과 바람과

나는 하나가 된다

상사화

설움은
시간이 가도
마르지 않고
정념은
남 보지 않아도
홀로 타오른다
차가운 이른 봄
설운 구석 자리
상사화 잎사귀들
어느덧 입추立秋 되어
들어선 분홍 꽃대
서러움이 유리알로 뭉쳐
늦은 여름
환히 비추는구나
네가 빚어내는
그늘과 밝음의 무늬

늙은 이 몸에 새기며
지나가는 세월의 소리
무심히 흘린다

연못

연못에 서면
모든 것이 어슴푸레해진다
봄 아지랑이 숨 막히게 피어오를 때나
여름을 견디지 못해 검푸른 호흡으로 헐떡거릴 때도
늦가을 떨어진 이파리들을 차곡차곡 부여잡을 때건
겨울 깊은 침묵의 얼음 안으로 숨어들어 갈 때건
나는 연못의 마음을 모른다
그저 그러려니 하고 짐작을 하는 것이
고요히 그의 옆에 앉아있어 주는 것이
그의 상처를 달래준다
이제 그렇지 않다는 가벼움으로
그렇게 흘러간 시간이 묻히지는 않는다
그가 토해내는 정갈한 이끼들을
그윽이 바라보며
그의 마음을 내 안에 길어 옴으로써
그와 하나가 되려는 기쁨이 늘어간다

반성

마늘 농사 지으려고
풀을 쳐나가다가
아이쿠 호박 넝쿨 건드렸네
길게 뻗어 아직 노란 꽃 피우고
뒤늦게 새끼까지 두었는데
내 한 번 낫질이 이리 모질게
네 모든 것 끊어놓았구나
애절토다 애절토다
하고 소리치지만
여지껏 내가 뿌린
오욕의 검댕들
온 세상 이곳저곳
퍼지지 않은 곳 없으리니

모과

바깥은 올겨울 가장 춥다는데
창가에 앉아
바스러지는 얇은 햇살 모아
조그만 난로를 만든다
갑자기 은은한 향기, 두리번거리니
서리 몇 번 내리고 떨어진
모과가 놓였다
삼십 년 전 집 지을 때 심은
울퉁불퉁 재래종 모과나무
그때나 지금이나 너는 같은데
젊은 나는 늙은 나로 바뀌어버렸구나
그때의 흔들리던 시선으론
너를 볼 수 없었고
세월에 삭아 한없이 작아진 나
이제사 눈이 바로 뜨여
작은 너 그윽이

바라볼 수 있으니
늘어서 이로운 일도 참 많은 셈이야

설중매

도꾜東京 밋따까三鷹 희뿌연 새벽
마주친 눈에 잡혔던 설중매
절대로 잊을 수 없다고 믿었던
사무치던 그대 향기조차
이제 멀리 날아가 버렸네
시간의 무게로 무너져 내린 기억
파편들로 흩어지고
말라붙은 그리움
오래전 박제되었어라

그대와 내가 함께 가졌던 설중매
일상에 녹아 사라졌다고
까맣게 믿었는데
봄 되니 부질없이 살아나
몰래 숨을 쉬는구려

가을 햇살

한 해 농사 마무리로
이곳저곳 정리하자니
땀 흐르는 이마, 그 위에
가을 햇살 넘실댄다
엄마 손처럼 부드럽다
머리를 쓰다듬고
꼬옥 끌어안는다
엄마의 눈을 올려다보니
태고의 파도가 출렁인다
잔잔하고 슬프게 숨 쉬는
끝 모를 용서가 담긴 파도

5부

내 하느님

탈각脫殼

사는 것 의미 없이 티끌로 흩어질 때
허무의 밑바닥은 습하고 어두운데
내 삶을 둘러싼 껍질 억세고 두터웠어라

내 안에서 나오기가 너무도 힘들더이다
나오고 둘러보니 세상이 다릅니다
사람을 귀히 여기고 이 한 몸 편하더이다

눈으로 사랑을 그리신 주님이시여
제 안에 오시어 사랑을 틔우시니
처처에 눈 간 곳마다 기쁨이 솟나이다

내 하느님

하느님 내 하느님 세상을 지은 하느님
오늘도 눈앞에 선한 의지 보이시니
만물이 흥을 맞추어 당신을 향하나이다

모든 것 살아감이 당신의 택함이라
작은 씨 뿌리 내려 풀 되고 나무 되고
일용할 양식마다에 담긴 뜻 크나이다

젊어선 혈기 부려 당신을 가렸으나
힘 빠진 몸 되어 이제사 바라뵈니
어느 것 마디마디에 언제나 계셨나이다

겸손

흑암의 어둠에서 갈 길을 몰랐더니
주께서 보호하사 나 여기 살아있네
오로지 주님 큰 은혜 말하고 되뇌노라

흙에서 난 목숨 흙으로 돌아가니
육신에 붙은 영혼 육신을 떠나면
흙으로 먼지로 되어 침묵이 덮으리다

주께서 이 목숨 주시고 거두시니
오로지 바라기는 남겨진 기간 동안
모든 것 비운 자리에 그분을 모실지라

한평생 평화롭게 하소서

꽃잎이 날리듯 세상일 아득하고
마음속 품은 미움 때때로 솟구치나
모든 것 감싸 안고서 갈 길을 가야 하니

지는 해 가엾게 산봉우리 걸리어
닥쳐올 어둠이 적막하게 누르는데
바람이 내는 헛웃음 흐릿하게 들릴 뿐

덧없고 덧없는 중 기댈 곳은 당신뿐
세상사 물려두고 저 높이 바라볼 때
남은 생 평화로운 강 느릿느릿 흐르리이다

천국

이 몸 안 숨은 가시 때때로 찔러대니
내 주여 내 주여 입막힌 외침들
아픔은 피할 수 없는 원래의 내 무늬

한평생 삶이란 게 구름처럼 지나가도
죽는 날 올 때까지 오늘에 발 딛고
오로지 주님 주신 뜻 궁구하며 사는 나날

불현듯 내 영혼 몸에서 해방되어
가시가 없어질 때 번민도 사라지니
주님이 만드신 영토 이곳이 천국이라

내 주여

내 주여 내 주여 세차게 불러도
바람결 하나도 일어나지 않으니
적막한 어둠 속에서 파르르 떨리는 눈썹

하루를 사는 것이 구차하고 민망하건만
원수들 내 앞에서 쾌재 부르며 뛰어노니
내 작은 희망의 불빛 사위어 재가 된다

진정코 내 주는 어디에 계시나이까
깡마른 침묵 속에 입술은 말라가고
불면에 으깨어진 채 이마는 타들어 간다

나한테 아무것 하나 남은 것 없을 때
내 주는 비로소 내 눈을 깨우시고
마음 안 깊숙한 물독 한가득 채우신다

주님바라기

가뭄에 사위어 마른 풀잎 내 신세
우리 주님 단비 맞아 생기를 찾았으니
한평생 사무친 마음 단단히 여물었어라

나 하나 사는 의미 어디건 없을 때도
눈앞에 보이는 게 전부가 아닐지니
믿음 속 오롯한 세상 목숨보다 귀하더라

내 비록 길가의 한 돌멩이 굴러다녀도
내 안에 모신 주님 환하게 빛나시니
오로지 주님바라기 여한이 없을레라

엘리야의 여행

뭍에 나온 물고기 마지막 숨 쉬듯
죽기를 간청하던 엘리야의 숨소리
절망은 어느 것에도 연결을 끊었으나

내 얼굴 부끄럼 없이 주님을 향하여
내어주신 구운 빵 물 한 병 먹고서
광야 속 나 혼자 되어 호렙산 향한다

광풍이 지나가고 하늘이 갈라져도
주님 향한 이 마음 변함이 없으리니
언약이 이뤄진 땅에 지팡이를 세운다

찬송의 노래

세월의 무게로 숨 쉴 수 없었을 때
당연한 모든 것이 허물어져 내렸을 때
아득한 흰 새벽 무렵 들었던 그 목소리

세상의 덧없음 서릿발 아래 풀들이요
하늘 아래 홀로 선 것 하나도 없으니
내 오직 의지할 곳은 주님의 품 안이라

주님의 눈썹으로 그리시는 온 천지
그분이 살려내신 찬란한 풍경 속에
이 생을 거둘 때까지 찬송의 염念 끝없으리

선한 뜻

흑암 속 망망대해 허적허적 헤엄쳤네
한 올의 지푸락에 덮치는 거센 파도
부르르 떨리는 가슴 팔다리에 힘 빠지고

그대 말씀 따라서 행하려고 한 일들
가는 방향 알 수 없이 한 걸음 두 걸음
오로지 선한 뜻 잡고 의지하며 따라간 길

비로소 내리는 빛 하늘이 언뜻 보여
힘 빠진 눈길로 저 멀리 돌아보니
뜻밖에 언제나 당신 나를 품고 계셨네

나를 이끄신 당신

먼동이 트기 전 어둠은 짙어지고
쪼개진 허상들이 어지럽게 날더니
이제야 환한 모습들 눈앞에 나타난다

죽은 듯 살은 듯 미망 속 헤맨 한 생
일상의 무의미 안 숨어있던 선한 의지
못난 나 일으켜 세워 허리를 펴게 하시네

당신은 약속을 언제나 미루잖고
천년이 하루 같고 하루가 천년이니
날 향한 당신의 뜻은 영겁 전에 계셨도다

당신 곁에서

너희들 내 곁을 떠나지 말라는 말씀
뼛속에 차인 한기 으스스 튀어나와
눈물을 글썽거리며 황망함을 참습니다

저 해가 기울어 한밤이 되어도
된서리 덮쳐서 온 풀잎들 시들어도
당신은 곁에 서시어 품 안에 거두십니다

가없는 길 걸으며 오로지 바라기는
기쁘고 서러움이 일어서고 스러져도
무심히 당신 곁에서 이 한 생 보내렵니다

겨울 풍경

마루로 슬금슬금 기어오는 햇볕 다발
어느 틈에 가버렸는지 찾기 힘든 시간들
빈 들판 가장자리엔 마른 풀 흔들거린다

먼 산은 언제나 제자리에 우뚝하고
바람도 하늘도 무심히 흐르는데
차갑게 여린 마음은 혼자서 쓸쓸하다

세상은 사청사우乍晴乍雨 미더울 것 없으니
모두를 받아들여 한켠에 쌓아두고
가냘픈 새봄의 희망 마른 가지에 걸어둔다

봄날

모진 세월 붙잡아서 오늘을 남겼더니
어느덧 봄이 와서 이 한 몸 편하구려
가슴에 깊이 박힌 상처 봄바람에 풀어낸다

굽이굽이 지나온 길 푸른 강물 등짝 같고
아쉬운 일 서러운 일 천 가지 만 가지
가만히 항아리에 넣어 모르는 체할 일이라

물오른 나무들이 생긋생긋 웃어대고
노곤한 봄볕에 하품하는 강아지
나에게 아직 남겨진 것 이렇게도 많구려

조춘 早春

춘색이 완연하니 햇볕도 참 곱구려
마당에 나무들 훈훈한 옷 입었는데
돌이켜 바라보는 세월 찬 눈물로 반짝인다

이루고 싶었던 일 흐릿하게 가라앉고
체념의 묵중함은 천근만근 짓누르나
오로지 남겨진 날들 오늘처럼 고와지고

긴 숨에 들고나는 기억들을 정리하여
봄 햇살 잘 드는 헛간에 놓아두고
사는 날 번거로울 때 꺼내어서 보리라

태평양을 건너며

커다란 배를 타고 구름바다 누비니
가없는 공간의 한 점이 되었구나
살아온 모든 일들이 아득하게 떠오른다

사랑은 애처롭고 덧없기만 한 것이라
순간에서 영원을 속삭이며 빠져드는데
남은 건 멀리 서있는 잔영들 뿐이다

분분한 삶 속에 만져지는 은총의 무늬
허무의 껍질을 벗어나 바라보니
태평양 비단 물결이 미소처럼 환하다

겨울 민들레

땅 구르던 낙엽들 힘 보태 둘러서고
햇살들 한 모금씩 온기를 불어넣어
한겨울 노란 민들레 눈 속에 피었구나

오는 봄 기다리며 다소곳이 앉았으니
오늘은 내일이요 내일은 오늘이라
모진 생 탓하지 않고 생긋생긋 웃누나

나이 50이 넘어서 시를 쓰기 시작했습니다. 그리고 60이 넘어서 진지한 신앙을 가슴에 새길 수 있었습니다. 시 쓰기와 신앙은 나이 든 저에게 커다란 환희와 축복으로 다가왔습니다.

이 시집에 실린 90편 정도의 시와 시조는 흔히 말하는 '생활시'입니다. 난해할 것 하나 없는 내용의 것들입니다. 그리고 5부의 '내 하느님' 편이 주로 신앙에 관한 시조이나, 시집 전체를 통틀어 신앙시라고 해도 좋을 것입니다.

신앙에서 가장 중요한 것이 무엇일까요? 여러 말이 있겠으나, 저는 감사와 순명, 둘이라고 봅니다. 나를 앞세우지 말고, 나한테 주어진 것이 그분의 섭리에 의한 것임을 깨닫는 것이 감사입니다. 그리고 나에게서 나를 치우고 그 자리에 그분을 모시며 언제나 나의 뜻보다 그분의 뜻을 우선시키는 것이 순명이라고 생각합니다. 감사와 순명을 마음에 뚜렷이 새기면, 하느님과 나는 하나가 됩니다. 나아가 하느님을 통하여 우리 모두가 연결됩니다. 불가佛家의 고 성철 스님이 '눈을 번쩍 뜨고 귀를 뚫으면 시방세계十方世界 그대로 광명 천지光明天地'라고 하신 말씀도 궁구窮究하면 바로 이 경지를 가리키는 것이 아닐까 합니다.

제가 시를 쓰며 항상 우선에 두는 것이 감사와 순명입니다. 그런 의미에서 이 시집의 모든 시와 시조들은 신앙시의 범주에 넣을 수 있다고 생각하는 것입니다.

이 보잘것없는 시집이 읽는 분들의 마음에 원래 깃든 시심詩心 혹은 신앙심信仰心을 살짝 건드려 일으키는 작용을 할 수 있다면 망외望外의 큰 기쁨이겠습니

다. 그 후에 우리의 의식은 깊은 차원에서 서로 이어
질 수 있습니다. 그날이 오기를 손꼽아 기다립니다.